Mëngjesi ishte i vrenjtur dhe i ftohtë.
Retë në qiell ishin të bardha dhe
shtëllunga-shtëllunga.
Ato më kujtonin kuleçët e vegjël rrumbullakë
në Supën që bën Gjyshja të Shtunave.

The morning was cloudy and cold.

The clouds in the sky were white and fluffy.

They reminded me of the dumplings in Grandma's Saturday Soup.

*Gjyshja më rrëfen tregime për Xhamajkën sa herë që shkoj
në shtëpinë e saj.*

Grandma tells me stories about Jamaica when I go to her house.

"Retë në Xhamajkë sjellin shira nga më të rrëmbyeshmit.
Është sikur dikush të ketë hapur çezmën në qiell.
Flladi i ngrohtë i shtyn tej, dhe dielli del përsëri."

"The clouds in Jamaica bring the heaviest rain.
It's like someone has turned the tap on in the sky.
The warm breeze moves them on and the sun comes out again."

Të martën në mëngjes Babi më çoi në shkollë.
Dita ishte e ftohtë dhe e acartë; gjatë natës kishte rënë dëborë.

Tuesday morning Dad took me to school.
The day was cold and crisp; it had snowed in the night.

Dëbora është e bardhë dhe e lëmuar, dhe duket si brendësia e një jami.
Ashtu si jami në Supën që bën Gjyshja të Shtunave.

It's white and smooth and looked like the inside of a sliced yam.

Just like the yam in Grandma's Saturday Soup.

Gjyshja më thotë që rëra e bardhë si pluhur në plazhe,
duket si dëbora e freskët, por nuk është kurrë e ftohtë.

Grandma tells me that the white powdery sand on the beaches looks
like fresh snow but it's never cold.

A do mundja vallë të formoja një njeri
rëre me rërën e bardhë?
A nuk do të ishte për të qeshur?!

I wonder if I could make a sandman with the white sand?

Wouldn't that be funny?!

Të mërkurën ra më shumë dëborë. Bënte ftohtë,
por unë isha veshur mirë dhe ngrohtë.
*Gjyshja më rrëfen tregime për Xhamajkën sa
herë që shkoj në shtëpinë e saj.*

Wednesday the snow fell harder. It was cold but I was wrapped up warm.
Grandma tells me stories about Jamaica when I go to her house.

"Dielli shkëlqen çdo ditë. Dielli të ngroh trupin dhe s'ke nevojë të veshësh gjë tjetër veç pantallonave të shkurtra dhe një bluze."
Ngrohtë çdo ditë? Pantallona të shkurtra dhe bluzë?
Unë s'e besoj dot.

"The sun shines every day. The sun is warm on your skin and you only need to wear your shorts and a T-shirt."
Warm every day? Shorts and T-shirt? I can't believe that.

Në pushimin e pasdites, kur po luanim
në shkollë, bënim topa prej dëbore dhe
i gjuanim njëri-tjetrit.

At afternoon play we made snowballs
and threw them at each other.

The snowballs remind me of the round soft potatoes in Grandma's Saturday Soup.

Topat e dëborës më kujtuan patatet e buta rrumbullake, në Supën që bën Gjyshja të Shtunave.

Të enjten, pas shkolle, shkova në bibliotekë
me shoqen time Lejlën dhe mamin e saj.

On **Thursday** I went to the library
after school with my friend Layla
and her Mum.

Kur kaluam nga parku, pamë zhardhokët e vegjël që kishin filluar të mbinin. Filizat e vegjël gjelbëroshë kishin nxjerrë kryet mbi dëborë. Ata dukeshin si qepët e njoma, në Supën që bën Gjyshja të Shtunave.

As we passed the park we saw the little bulbs starting to grow. The little green shoots poked through the snow. They looked like the spring onions in Grandma's Saturday Soup.

Grandma tells me about the wonderful plants and flowers in Jamaica.
"In Jamaica the most beautiful flowers grow wild.
They are all different colours and sizes
and their smell fills the air."
I've never seen flowers like that before,
I wonder if she's only joking?

Gjyshja më tregon për bimët dhe lulet e mrekullueshme
në Xhamajkë.
"Në Xhamajkë lulet më të bukura rriten nëpër fusha.
Ato kanë lloj-lloj ngjyrash dhe formash,
dhe kundërmimi i tyre mbush ajrin."
Nuk kam parë kurrë më parë lule si këto.
Mos ndoshta ajo po bën shaka?

Të premten Mami dhe Babi janë vonë për në punë.
"Shpejt Mimi, zgjidh një frutë për të marrë në shkollë."

On **Friday** Mum and Dad are late for work.
"Hurry Mimi, choose a piece of fruit to take to school."

Pashë tasin plot me fruta.
Çfarë të zgjedh, një portokalle, një mollë apo një dardhë?
Molla dhe dardha; ngjyra dhe forma e tyre më solli ndër
mend ço-çonë, në Supën që bën Gjyshja të Shtunave.

I looked at the bowl full of fruit.

Should I choose an orange, an apple or a pear?

The apple and pear; their colour and shape remind me

of the cho-cho in Grandma's Saturday Soup.

Gjyshja më tregon për frutat në Xhamajkë.
"Në Xhamajkë mund të shkosh rrugës për në shkollë dhe të këputësh
fruta nga pemët, një mango të pjekur, të ëmbël e gjithë lëng."

Grandma tells me about the fruits in Jamaica.

"In Jamaica you can walk to school and pick a piece of fruit

from a tree, a ripe mango all juicy and sweet."

Pas shkolle, si shpërblim për notat e mira, Mami dhe Babi më çuan në kinema.
Kur arritëm atje dielli po shkëlqente, por ende bënte ftohtë.
Besoj se po vjen pranvera.

After school, as a treat for good marks, Mum and Dad took me to the cinema.

When we got there the sun was shining, but it was still cold.

I think springtime is coming.

Filmi ishte shumë i bukur dhe kur dolëm, dielli po perëndonte mbi qytet.
Teksa perëndonte, ai ishte i madh dhe i portokalltë, ashtu si kungulli në
Supën që bën Gjyshja të Shtunave.

The film was great and when we came out the sun was setting over the town.
As it set it was big and orange just like the pumpkin in Grandma's Saturday Soup.

Gjyshja më tregon për agimin dhe perëndimet në Xhamajkë.
"Dielli ngrihet shpejt dhe të bën të ndihesh i gëzuar, dhe gati
për ditën që ke përpara."

Grandma tells me about the sunrise and sunsets in Jamaica.

"The sun rises early and makes you feel good and ready for your day."

"*Kur dielli perëndon dhe hëna del, atë e ndjekin një milion yje që duken si diamantë që xixëllojnë në qiellin e natës.*"
Një milion yje, as që mund t'i imagjinoj kaq shumë.

"*When it sets and the moon comes out she is followed by a million stars that look like diamonds twinkling in the night sky.*"
A million stars, I can't even imagine that many.

Të shtunën në mëngjes shkova në klasën time të vallëzimit.
Muzika ishte e ngadaltë dhe e trishtueshme.

Saturday morning I went to my
dance class.
The music was slow and sad.

Gjyshja më tregon për ritmet e muzikës kalipso, dhe për daullet prej çeliku, të njerëzve që luajnë nën hijen e një peme. Një pemë e mrekullueshme me gjethe të gjata që duken si fijet e lëkurës nga një banane e gjelbër.
"Kjo muzikë të bën të lumtur dhe të kesh dëshirë të kërcesh."

Grandma tells me about the rhythms of calypso music and steel drums, of people playing under the shade of a tree. A wonderful tree with long leaves that look like the strands of skin from a green banana.
"The music makes you happy and want to dance."

Mami erdhi të më merrte pas klase. Ikëm me makinë.
Shkuam përgjatë rrugës dhe kaluam shkollën time. U kthyem majtas tek parku dhe
vazhduam duke kaluar bibliotekën. Shkuam përmes qytetit, ja kinemaja, tani jemi afër.

Mum picked me up after class. We went by car.
We drove down the road and past my school. We turned left at the park and on past the
library. Through the town, there's the cinema and not much further now.

Kisha uri. Shumë uri. Më në fund erdhëm tek Gjyshja.

I was hungry. Really hungry. At last we arrived at Grandma's.

Vrapova drejt derës, dhe nuhata një erë të shijshme. Janë banane të gjelbra, ço-ço dhe jame, kuleçë të vegjël rrumbullakë, patate dhe kungull…

I ran to the front door and could smell a delicious smell.

It's green bananas, cho-cho and yams, dumplings, potato, and pumpkin...

qepë të njoma, pulë, pak nga erëzat e veçanta
të Gjyshes, dhe shumë lëng pule.
Është Supa që bën Gjyshja të Shtunave!

spring onions, chicken, a good pinch of Grandma's
country seasoning and a lot of chicken stock.
It's Grandma's Saturday Soup!

Të dielën na erdhën miq për darkë.
Mami dhe Babi janë kuzhinierë të mirë, dhe përgatisin ushqim
të lezetshëm, por ushqimi im më i dashur në të gjithë botën,
është Supa që bën Gjyshja të Shtunave.

On **Sunday** we had friends at our house for dinner.
Mum and Dad are good cooks, their food is nice but my favourite
food in the whole wide world is **Grandma's Saturday Soup**.